LE FLÉAU

Poème de

ÉMILE VERHAEREN

extrait des

" CAMPAGNES HALLUCINÉES "

Dessins et manuscrit

de

BERNARD NAUDIN

A PARIS

Chez MARTIN KAELIN, 10, Rue de la Grande-Chaumière

1927

Vient de paraître
chez MARTIN KAELIN, 10, rue de la Grande-Chaumière, Paris

Téléphone : Littré 23-83

LE FLÉAU

Poème de

ÉMILE VERHAEREN

extrait des

"CAMPAGNES HALLUCINÉES"

Fac-similé du manuscrit exécuté par Bernard Naudin
sur le désir du poète Émile Verhaeren
avec Quinze Grandes Compositions Inédites
que l'illustrateur avait faites pour le maître.

Un volume grand in-quarto.

JUSTIFICATION DU TIRAGE

1 exemplaire de format spécial réservé à
S. M. la Reine des Belges

1 exemplaire de format spécial réservé à Mme Verhaeren.

1 exemplaire unique sur Japon ancien, contenant le manuscrit et les
dessins originaux de Bernard Naudin (souscrit)

20 exemplaires sur Japon ancien, avec double état du portrait.   750 fr.
30 exemplaires sur Japon Impérial, avec double état du portrait.   650 fr.
250 exemplaires sur papier de Hollande à la forme.   375 fr.

Taxe comprise.

Pour la Belgique la taxe de luxe de 12 °/₀ est à déduire des prix ci-dessus
Il n'a pas été tiré de spécimen; l'ouvrage est exposé au salon d'Automne, section du Livre

On souscrit chez l'éditeur

LE FLÉAU

Poème de

ÉMILE VERHAEREN

extrait des

"CAMPAGNES HALLUCINÉES"

Dessins et manuscrit

de

BERNARD NAUDIN

A PARIS

Chez MARTIN KAELIN, 10, Rue de la Grande-Chaumière

1927

Fac-similé du manuscrit
fait par
Bernard Naudin,
sur le désir du poète
Emile Verhaeren,
avec les deſſins
que l'illustrateur avait exécutés
pour le maître.

Exemplaire
N° H. C.

pour la Bibliotheque Nationale
à Paris.

Le Fléau

La Mort a bu du sang
Au Cabaret des Trois Cercueils
La Mort a mis sur le Comptoir
Un écu noir ;
Et puis s'en est allée

« C'est pour les cierges et pour les deuils »
Et puis s'en est allée.

La Mort s'en est allée
Tout lentement
Chercher le sacrement
On a vu cheminer le prêtre
Et les enfants de chœur.
— Trop Tard —
Vers la maison
Dont étaient closes les fenêtres.

La Mort a bu du sang
Elle en est saoûle.

« Notre Mère la Mort, pitié ! pitié !
Ne boy ton verre qu'à moitié,

Notre Mère la Mort, c'est nous les mieux
C'est nous les vieilles à malheureux
Avec ceux ceux en ex. votos ;

Notre Dame la Mort c'est nous les vieux de guerre
Tumultuaires.

Tronçons morne & Terribles entailles
De la forêt des victoires & des batailles,
Notre Dame des drapeaux noirs
Et des débâcles dans les soirs,
Notre Dame des glaives & des balles
Et des crosses contre les dalles,
Toi notre Vierge & notre orgueil,
Toujours si fière & droite, au seuil
De l'horizon tournant de nos grands rêves,
Notre-Dame la Mort, toi qui te lèves
Tu battant de nos tambours
Obéissante & qui Toujours
Nous fut belle d'audace & de Courage
Notre Dame la Mort, cesse Ta rage
Et daigne enfin nous voir & nous entendre
Puisqu'ils n'ont pas appris, nos fils à te défendre.

La Mort, dites, les vieux verleux
La Mort est facile
Comme un flacon qui roule
Sur la pente des chemins creux.
La Mort n'a pas besoin
De votre mort au bout du monde,
C'est au pays qu'elle fonce la bonde
Du Tonneau rouge.
La Mort est bien assise au feu
Du Cabaret des trois Cercueils de Dieu
Elle espère s'en aller au loin
Sous les hasards des étendards.

Et la Mort s'est mise à boire, les pieds au feu ;
Elle a même laissé s'en aller Dieu
Sans se lever sus son passage :
Si bien que ceux qui là soyaient assis
Ont cru leur âme compromise.

Durant des jours & puis des jours encor, la Mort
A fait des dettes & des deuils,
Au Cabaret des Trois Cercueils ;
Puis un matin, elle a ferré son cheval d'os
Mit son bissac au creux du dos
Et s'en partis à travers la campagne

De chaque bourg & de chaque village,
On est venu vers elle avec du vin ;
Pour qu'elle n'eut ni soif ni faim,
On me fit halte au coin des routes ;
Les vieux portaient de la viande & du pain,
Les femmes des paniers & des corbeilles
Et les fruits clairs de leurs vergers ;

Qui marmonnons du désespoir
En chapelets interminables;
Notre Mère de la Mort et du Soir
C'est nous les béquillantes et minables
Vieilles, tannées
Par la douleur et les années:
Les bésroques pour tes tombeaux
Et les cibles pour tes couteaux —

— La Mort, dites, les bonnes gens,
La Mort est Sociale:
Sa Tête oscille et roule
Comme une boule.
La Mort a bu du sang
Comme un vin frais et bienfaisant;
Il coule aux joints de la cuirasse
De sa carcasse.

La Mort a mis sur le Comptoir
Un écu noir;
Elle en voudra pour ses argents
Au Cabaret des pauvres gens.

« Dame la Mort c'est moi la Sainte Vierge.
Qui viens en robe d'or chez vous,
Vous supplier à deux genoux
D'avoir pitié des gens de mon village.
Dame la mort, c'est moi la Sainte Vierge
De l'ex-voto, là-bas, près de la berge.
C'est moi qui fus de mes pleurs inondée
Au Golgotha, dans la Judée,
Sous Hérode, voici mille ans.

Dame la Mort, c'est moi la Sainte Vierge
Qui fis promesse aux gens d'ici
D'aller toujours crier merci
Dans leurs détresses et leurs peines;
Dame la Mort, c'est moi la Sainte-Vierge"
— La Mort, dites la bonne Dame,
Se sent au cœur comme une flamme
Qui, de là, monte à son cerveau.
La mort a soif de sang nouveau...
— La Mort est saoûle —
Ce seul désir comme une boule
Remplit sa brumeuse pensée.
La Mort n'est point celle qu'on éconduit
Avec un peu de prière et de bruit.
La Mort, s'est lentement lassée
Des bras tendus en désespoirs;
Bonne Vierge des reposoirs
La Mort est saoûle
Et sa fureur, hors des ornières
Par les chemins des cimetières
Bondit et roule
Comme une boule.

La Mort c'est moi, Je suis le Roi,
Qui te feis grand' ainsi que moi

Pour que j'accomplisse la loi
Des choses de ce monde.
La mort, je suis la manne d'or
Qui s'éparpille du Thabor
Divinement, par à travers les soirs du monde ;
Je suis celui qui suis pasteur,
Chez les humbles, pour le Seigneur :
Mes mains de gloire et de splendeur
Ont rayonné sur la douleur
La Mort je suis la paix du monde."
— La mort, dit-elle, le Seigneur Dieu
Est assise près d'un bon feu,
Dans une auberge où le vin coule ;
Et n'entend rien tant elle est saoule.

Elle a sa faux et Dieu a son tonnerre.

En attendant, elle aime à boire, et le fait voir
Et quiconque voudrait s'asseoir,
Côte à côte, devant un verre.
Jésus, les temps sont vieux,
Et chacun boit comme il le peut —
Et qu'importent les vêtements sordides
Lorsque le sang nous fait les dents splendides.

Et les enfants portaient des miels d'abeilles.

La mort a cheminé longtemps,
Par le pays des pauvres gens,
Sans trop vouloir, sans trop songer,
La tête saoule
Comme une boule.

Elle portait une loque de manteau rouge,
Avec de grands boutons de veste militaire,
Un tricorne piqué droit, plutôt réfractaire,
Et des bottes jusqu'aux genoux ?
Sa carcasse de cheval blanc
Cassait un vieux petit trot lent
De bête ayant la goutte,
Contre les chocs de la grand'route ;
Et les foules suivaient, pas à travers les n'importe où,
Le grand squelette aimable et saoul
Qui trimballait sur son cheval bonhomme,
L'épouvante de sa personne,
Vers des lointains de fièvre et de panique,
Sans éprouver l'horreur de son odeur
Ni voir danser, sous un repli de sa tunique,
Le froissement de vers blancs qui lui filaient le cœur

(Les Campagnes Hallucinées)

Le présent ouvrage a été exécuté
par Martin Kaelin
imprimeur-éditeur
10, Rue de la Grande Chaumière
et tiré sur ses presses à :
1 exemplaire de format spécial
réservé à Madame Verhaeren
1 exemplaire unique sur Japon ancien
contenant le manuscrit et les dessins originaux
de Bernard Naudin
20 exemplaires sur Japon ancien
avec double état du portrait
numérotés de 1 à 20
30 exemplaires sur Japon impérial
avec double état du portrait
numérotés de 21 à 50
250 exemplaires sur papier de Hollande
numérotés de 51 à 300.